Ruidos en la casa

Un misterio

BANG!

CLACK!

CREEK!

Escrito por Karl Beckstrand
Ilustrado por Channing Jones

Ruidos en la casa

Sounds in the House

Premio Publishing & Gozo Books, LLC
Midvale, UT, USA
Premiobooks.com

Text Copyright © 2011 Karl Beckstrand
Illustrations Copyright © 2011 Channing Jones
ISBN: 978-0-6154369-1-3

Pida este libro en ingles o bilingüe: Premiobooks.com   This book is available in ebook, English, and bilingual versions. Descuentos para pedidos en volumen y para organizaciones educativas o caritativas. Discounts available for fundraising, bulk, school, and charitable donation orders.

Libros online GRATIS / FREE online books: Premiobooks.com

Premio Publishing

Spanish vowels have one sound each: *a = ah e = eh i = ee o = oh u = oo.* Every vowel should be pronounced (except for the *u* after a *q* [*que* is pronounced *keh*]). In Spanish, the letter *j* is pronounced as an English *h* (and the letter *h* is silent), *ll* sounds like a *y* (or a *j* in some countries), and *ñ* has an *ny* sound (*año* sounds like *ah-nyo*).

Spanish nouns are masculine or feminine and are usually preceded by an article: *la* = feminine *the*; *el* = masculine *the*; *una* = feminine *a* or *one*; *un* = masculine *a* or *one*. Articles (and -s/-es after nouns) reflect plural: *las* = plural feminine *the*; *los* = plural masculine *the*; *unas* = feminine *some*; *unos* = masculine *some*. In Spanish, the accent is generally on the first or second syllable of simple words. Words with four or more syllables often have the accent on the third syllable. Variations occur with conjugation. If there's an accent mark—follow that!

¡Escucho sonidos,

ruidos en la casa!

Un chirrido desde la puerta, pasos en el piso, un rechinar desde el escalón. ¡Los pelos se me levantan del temor!

El reloj hace tic tac.
Una polilla golpea contra
la ventana.

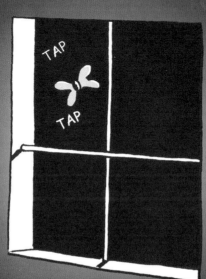

El calentador
de agua dice:

TATO TATO

Las cañerías gimen. El refrigerador zzzumba.

Los árboles rechinan en la brisa.

El calefactor
brama con vida

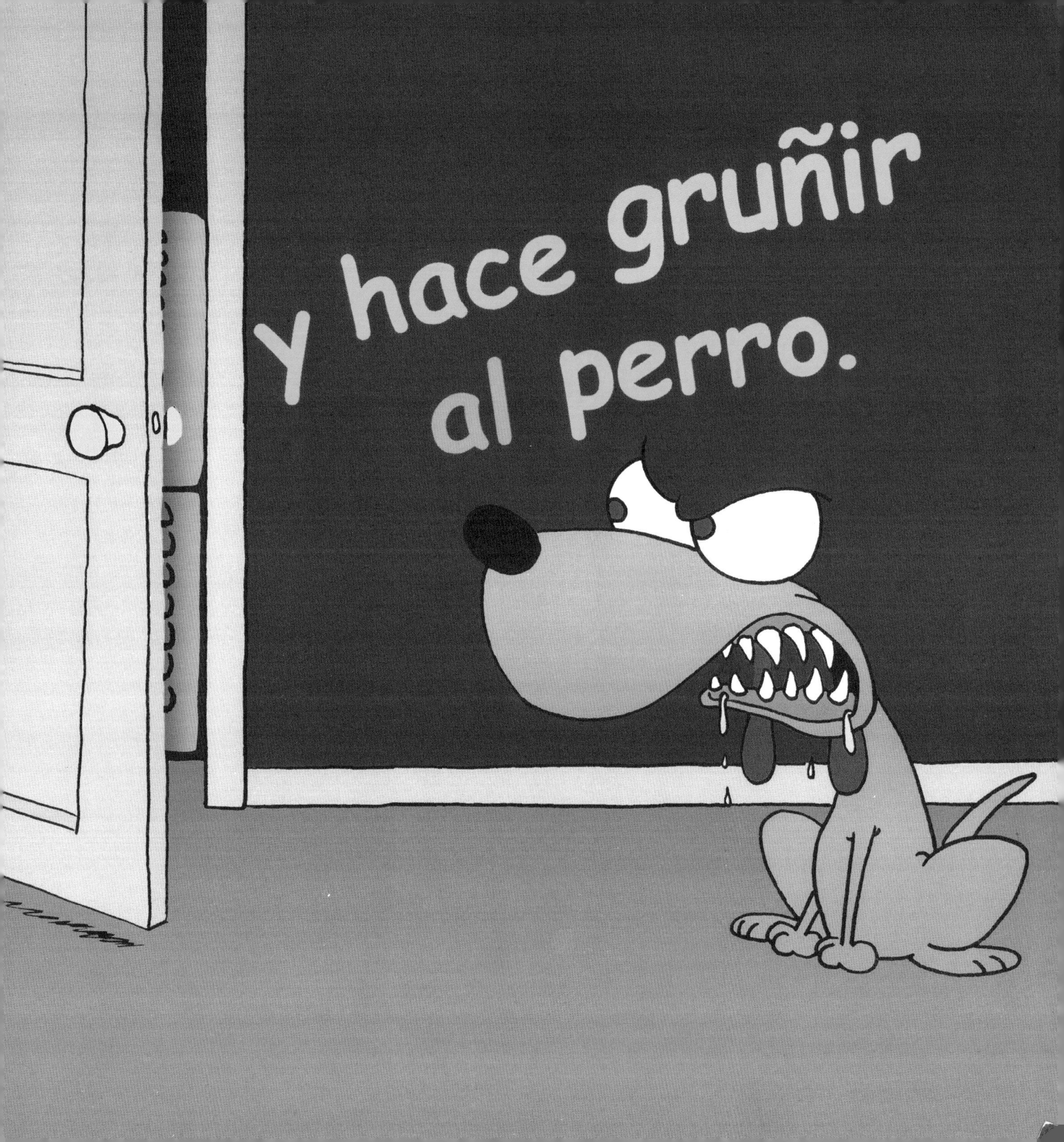
Y hace gruñir
al perro.

WUMP!

¡Una puerta se cierra de golpe!

¿Hay alguien en el garaje?

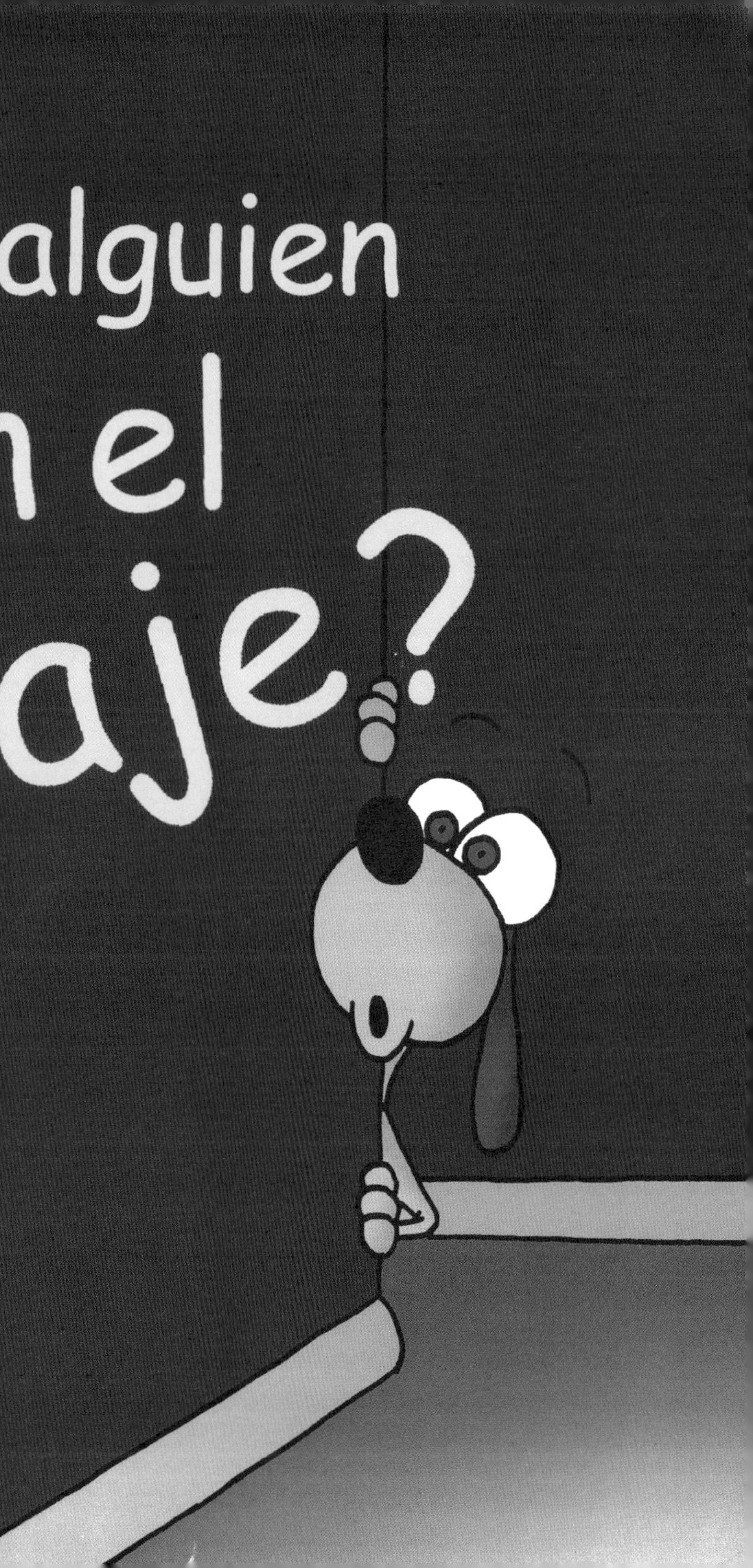

¿Podría ser un duende
o un fantasma, o un
hombre malvado —que
come perros en su pastel
— podría estar en el
corredor, o detrás
de la pared, podría estar

aquí en la casa?

O quizás sea un ratón.

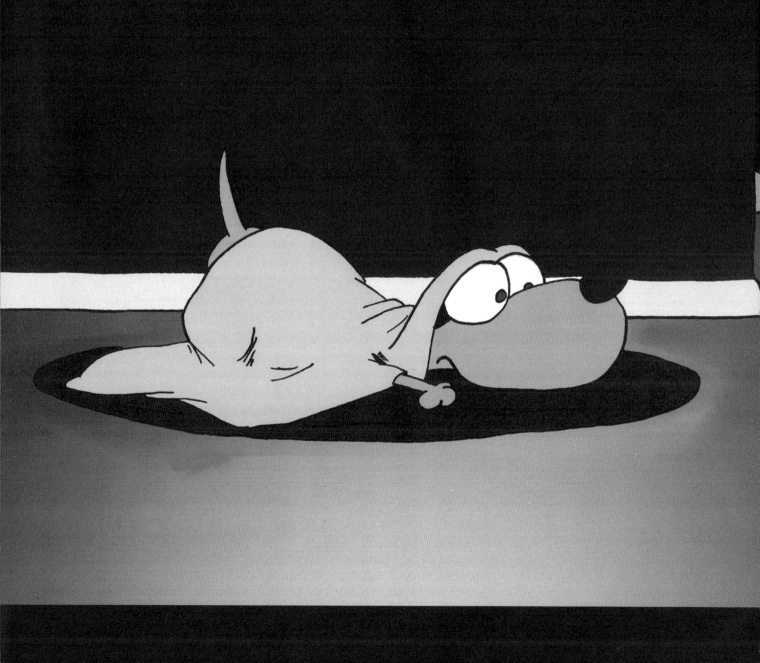

Yo creo saber qué hacer. ¿Sabrías tu? Me echaré las frazadas y gritaré:

fin

Made in the USA
Charleston, SC
11 December 2011